한국 희곡 명작선 91

봄, 소풍

한국 희곡 명작선 91

# 봄, 소풍

이정운

평민사

이
정
운

봄, 소풍

**등장인물**

대철 : 인숙의 남편, 76세, 전직 택시기사
인숙 : 대철의 아내, 73세, 전직 짜깁기 수선공

**시간**

늦가을부터 이듬해 이른 봄까지

**무대**

다세대 주택 4층

무대 중앙은 거실. 사계절용 카펫이 깔려있고 그 위에는 쿠션과 온풍기 한 대가, 거실 오른쪽 뒤편에는 컴퓨터가 놓여 있는 책상과 바퀴 달린 의자가 보인다. 책상 옆으로 전화기가 놓여 있는 작은 서랍장이 있다.

무대 오른쪽 벽면에는 출입이 가능한 안방 문과 화장실 문이 보인다.

무대 중앙 앞쪽은 TV가 놓여 있는 선반이 있는 것으로 약속한다.

무대 왼쪽은 주방과 현관. 주방에는 싱크대와 냉장고, 2인용 식탁이 놓여 있고 출입이 가능한 현관은 객석 가까이 위치한다.

거실 뒤쪽은 베란다. 여닫이문과 커튼이 열리면 정면으로 하늘이 보인다.

집안 곳곳에는 크고 작은 화분들이 놓여 있다.

# 일상 하나

패티 김의 '초우'를 흥얼거리는 인숙의 목소리가 들린다.

무대 밝아지면 깔끔하게 정리된 집안이 한눈에 들어온다.
베란다 커튼은 닫혀 있다.
인숙은 거실에 앉아 짜깁기하며 노래를 부르고 있다.

**인숙**    "가슴속에 스며드는 고독이 몸부림칠 때~ 갈 길 없는 나 그네의 꿈은 사라져~"

**대철**    (소리) 시끄러!

**인숙**    "비에 젖어 우네~ 너무나 사랑했기에~ 너무나 사랑했기에~"

대철, 안방 문을 열고 고개를 내민다.

**대철**    박수라도 쳐줘? 다 늦은 저녁에 뭔 열창이야, 시끄럽게!

대철, 방문을 소리 나게 닫는다.

**인숙**    그래가지고 퍽이나 부서지겠다. 나이 마흔에 한가한 것보 다 바쁜 게 낫지. 그냥 빈말로 오겠다고 한 걸 기억해가지고는….

**대철**   (소리) 뭐라고 주절대는 거야?

**인숙**   지난달에 당신 생일이라고 한 차례 다녀갔잖아요. 뭐 중요한 거라고 여기저기 전화해서 귀찮게 물어봐요, 물어보기는.

**대철**   ….

**인숙**   '야, 컴퓨터 이거 소리가 안 나온다. 야, 여기에 사진 어찌 넣냐. 야, 이것 좀 봐라? 나는 왜 안 되냐?' 모르니까 안 되는 거지, 멀쩡한 게 왜 안 되겠어. 앞뒤 다 잘라먹고 무턱대고 물어보면 알아듣나? 괜히 핑계대기는.

대철, 인숙이 말하는 동안 안방 문을 열고 서서 인숙을 노려보고 있다.
대철의 주먹 쥔 왼쪽 팔은 반쯤 접힌 채 힘없이 공중에 떠 있다.
오른손은 스마트폰을 쥐고 있다.

**인숙**   애들도 내일모레면 쉰인데 '야, 야!' 멀쩡한 이름 놔두고 똥개 부르듯 '야'가 뭐야.

인숙, 일어서면서 대철과 눈 마주친다.

**인숙**   놀래라.

**대철**   계속 주절댈 거야?

| | |
|---|---|
| **인숙** | 나온 김에 밥이나 드시던지. |
| **대철** | 안 먹어. |
| **인숙** | 시위하는 거예요? |
| **대철** | 누가 시위를 한다고 그래? |
| **인숙** | 방문 걸어 잠그고 단식하고 있잖아. |
| **대철** | 왜 애먼 사람 잡아? 책 본다니까? |
| **인숙** | 그럼 책이나 보시던지. |
| **대철** | 시끄러워서 안 읽혀! |

인숙, 화분 앞으로 가서 잎을 닦아준다.

| | |
|---|---|
| **대철** | 대답 안 해? |
| **인숙** | …. |
| **대철** | 대답 안 할 거야? |
| **인숙** | …. |
| **대철** | 사람이 삐딱해. |

대철, 방문을 닫아버린다.

| | |
|---|---|
| **인숙** | 얼어 죽을 책은 무슨. 또 핸드폰이나 들여다보고 있었<br>겠지. |

인숙, 노래 흥얼거린다.

전화벨.


**인숙**  여보세요. 여보세(요)… 뭐야….

**대철**  (고개만 내밀고) 누구야?

**인숙**  글쎄, 그냥 끊어지네.

**대철**  왜 빨리 못 받고 전화를 끊겨?

**인숙**  이것보다 어떻게 더 빨리 받아.

**대철**  굼떠가지고.

**인숙**  웃기는 사람이야, 정말. 저쪽에서 끊은 걸 가지고 왜 내 탓을 한대?

**대철**  전화 좀 해봐.

**인숙**  누군 줄 알고.

**대철**  정민인지도 모르잖아.

**인숙**  못 온다고 아까 전화했다며.

**대철**  해보라면 해 봐.

**인숙**  누군지 아쉬우면 또 하겠지.

**대철**  어허!

**인숙**  당신이 해요, 그럼.

**대철**  싫어.

**인숙**  …!

**대철**  뭐해? 빨리 해보라니까?


인숙, 마지못해 수화기를 든다.

| 인숙 | 여보세요. (사이) 응, 엄마야. 혹시 전화했었니? 방금. (사이) 귀신이네. 정민이 맞대요. |
|---|---|

대철, 거실로 나와 서성거린다.
대철의 몸은 움직일 때마다 미세하게 왼쪽으로 기울어진다.

| 대철 | 내 말 틀린 거 봤어? 무슨 말만 하면 무조건 아니라구 하지. 벨 소리만 들어도 난 누군지 다 알아. |
|---|---|
| 인숙 | 시끄러워서 하나도 안 들리네. (사이) 니 아빠 옆에서 계속 쫑알거리신다. |
| 대철 | 쫑알? |
| 인숙 | (조용히 하라고 손짓) 아…, 잘못 눌린 거라고? 알았다. 바쁜데 끊어. (사이) 나야 뭐 항상 똑같지. 니 아빠 속 썩이는 거 빼면 무슨 일 있을라구. |

대철, 인숙 옆구리를 찌른다.

| 인숙 | 오늘도 너 안 온다니까 하루 종일 옆에서 짜증이다. |
|---|---|
| 대철 | 내가 언제 그랬어? |
| 인숙 | 그러니까…, 다 늙어서 무슨 컴퓨타를 배우겠다고 이 난린지. |
| 대철 | 내가 뭐! |
| 인숙 | 바꿔줘요? |

| | |
|---|---|
| 대철 | 됐어. |
| 인숙 | 잠깐만, 아빠 바꿔줄게. |
| 대철 | 내가 언제 짜증을 부렸다고 그래? (수화기 건네받고) 정민이냐? 아니야, 괜히 하는 소리지. 니 엄마 노망났나 보다. (사이) 그래, 알았다. 한가한 거보다 바쁜 게 낫지. |
| 인숙 | 얼씨구. |
| 대철 | 병원? 됐어. 니 엄마랑 둘이 갔다 오면 돼. (사이) 알았다. (수화기 내려놓는다) |
| 인숙 | 뭐야. |
| 대철 | 뭐가. |
| 인숙 | 끊은 거예요? |
| 대철 | 그럼 더 무슨 말을 해. |
| 인숙 | 종일 막내딸 타령이더니 그러고 그냥 끊어? |
| 대철 | 내가 언제 그랬어?… 바쁜데 붙들고 있으면 뭐한다고. |
| 인숙 | 병원 데려다준다면 잠자코나 있지. |
| 대철 | 성가시게 뭘 줄줄이 가. 검사받으러 가는 건데. |
| 인숙 | 그래도…. |

대철은 거실 중앙에 모로 눕는다.
TV를 켜서 채널을 돌려본다.
채널이 바뀔 때마다 TV 소리 다양하게 들린다.
인숙, 그동안 간식거리를 준비한다.

| | |
|---|---|
| **대철** | 아직 뉴스 할 시간 안 됐나? |
| **인숙** | 좀 더 있어야 해요. |
| **대철** | 뭐가 이렇게 다 시끄러. 지들끼리 웃고 떠들고. |
| **인숙** | 재밌잖아. 쟤는 얼마나 웃기는지 몰라. |
| **대철** | 옛날이 더 나아. 서영춘이, 이주일이가 참 재미졌는데. 요즘엔 떼거지로 나와서 수다나 떨고 앉았어. 거, 누구냐. 김형곤이. 그때까지는 그래도 볼만 했는데. 바쁘나? 안 보이네. |
| **인숙** | 죽은 지가 언젠데. |
| **대철** | 김형곤이가 죽었어? |
| **인숙** | 목욕하다가 그랬다든가 운동하다가 그랬다든가 암튼 갑자기 쓰러졌잖아요, 몇 년 전에. |
| **대철** | 말도 안 되는 소리하고 앉았네. 서른 살밖에 안 먹은 사람이 셋다가 왜 쓰러져? |
| **인숙** | 서른 살은…, 마흔은 먹었을걸? |
| **대철** | 서른이든 마흔이든 그 나이가 셋다가 쓰러질 나이야? 아니야, 안 죽었어. |
| **인숙** | 죽었다니까. |
| **대철** | 안 죽었어. |
| **인숙** | 죽었다니까? |
| **대철** | 안 죽었다니까! |

인숙, 포크에 딸기 찍어 입에 물린다.

| | |
|---|---|
| **인숙** | 그래, 안 죽었다, 안 죽었어. |
| **대철** | 뭐하는 짓거리야? |
| **인숙** | 딸기 달아요. 호박죽 식기 전에 먹고 입가심하셔. |
| **대철** | 밥 줘. |
| **인숙** | 이걸로 허기만 달래고 내일 아침에 먹읍시다. |
| **대철** | 굶겨 죽이려는 거야? |
| **인숙** | 해 다 떨어졌네. 그러게 누가 밥 줄 때 버티래요? 요즘 소화도 잘 안 되잖아. 자기 때문에 일부러 했구만. 자. |

대철, 못 이기는 척 받아먹는다.

| | |
|---|---|
| **인숙** | 천천히 좀 먹어요. |
| **대철** | 더럽게 맛없네. |

인숙, 듣는 척도 않고 TV 채널을 드라마에 고정시킨다.

| | |
|---|---|
| **대철** | 어허, 그냥 거기 둬. |

대철, 리모컨을 뺏으려 하지만 인숙은 꼭 쥐고 놓지 않는다.
힘으로 뺏어보려고 하지만 어림없다.
대철, 음식 쟁반을 들고 컴퓨터 앞에 앉는다.

| | |
|---|---|
| **인숙** | 드라마 같이 봐요…. |

대철    ….

인숙    자꾸 흘리네. 먹고 들여다보든가.


인숙, 걸레를 들고 와 바닥을 닦는다.
대철, 컴퓨터에 빠져있다. 다리만 한쪽씩 들면서 인숙의 걸레질을
피한다.
인숙, 일부러 대철 주위만 집중적으로 닦는다.


대철    어허, 이 사람!


대철과 인숙의 실랑이.
대철은 걸레를 뺏어 멀리 던져 버린다.


인숙    못 됐어, 정말. 아주 지석이하고 똑같다니까.

대철    내가 뭘.

인숙    컴퓨타 앞에만 앉아 있으면 할미가 왔는지 갔는지도 몰
       라. 망할 놈의 기계 때문에 애 버릇만 나빠지구.

대철    내 얘기 하는 거야?

인숙    그거 들여다보고 있으면 머리 안 아파요?

대철    응, 안 아파.


인숙, 걸레를 주우러 갔다가 가만히 대철 쪽으로 걸어와 어깨 너
머로 모니터를 바라본다.

대철, 인기척을 느끼지 못하고 천천히 자판을 두드리고 있다.
인숙, 갑자기 웃음이 터진다.


**대철**  귀청 떨어지겠네. 왜 이래?

**인숙**  몇 달을 컴퓨타 배운다고 복지관 들락거리고 애들 귀찮게 하더니 꼴랑 이름 석 자 쓰고 있네. 아이고오, 비싼 돈 주고 이게 뭐하는 짓이야. 손으로 써도 이보단 빨리 쓰겠네.

**대철**  무식한 할망구! 조용 못해?

**인숙**  난 또 대단한 거라도 하는 줄 알았지.

**대철**  내가 언제 이름만 썼어?

**인숙**  뭐라고 쓴 거야. 집사람 박 인 숙, 친구 최 기 동…, 손 좀 치워봐…, 나 이 대 철… ㅎㅎㅎㅎ

**대철**  이거 안 먹어! 치워!


인숙, 빈 그릇을 치우면서도 간간이 웃는다.
대철, 인숙이 짜깁기하던 옷을 걷어찬다.


**대철**  이것 좀 안 하면 안 돼?

**인숙**  아이구, 정말! 또 승질부리네. 누가 하고 싶어서 해?

**대철**  쭈그리고 앉아 있는 거 꼴도 보기 싫어.

**인숙**  보기 싫으면 택시나 빨리 팔아버려요.

**대철**  얘기가 왜 글루 튀어?

**인숙**  (옷을 살피며) 그놈의 고물 택시, 기동이 주차장에 박아논 지


16

벌써 4년째네요. 구멍 난 거 있으면 짜집기라도 해다 바쳐야지, 별수 있어?

**대철**   누가 눈치 줘? 시키지도 않은 걸 왜 갖고 와서 해?

**인숙**   거긴 땅 파먹고 사나? 주차비도 제대로 안 받는데 뭐라도 해줘야지.

**대철**   지가 필요할 때 가끔 몰고 다니는데 쓸데없이 눈치를 왜 봐.

**인숙**   기도 안 차네. 그 덜덜거리는 걸 어떻게 모누.

**대철**   뭐가 덜덜거린다는 거야?

**인숙**   그러다가 길 한복판에서 갑자기 멈춰버리지.

**대철**   뭐야?

**인숙**   그만하면 됐으니까 이제 팔아버려요. 다신 운전할 일도 없는데 왜 이고 있어?

**대철**   남의 차 갖고 왜 자기가 팔아라 말아라 훈수야?

**인숙**   위험하다니까. 기동이 몰고 나갔다가 사고라도 나면 어쩔 거야.

**대철**   아직 멀쩡해!

**인숙**   내다 버려도 갖고 가는 놈도 없겠네. 마누라야? 뭐 하러 끼고 있어?

**대철**   내 무덤까지 이고 갈 거야. (사이) 한마디만 더 해.

**인숙**   네에, 네에.

**대철**   에잇, 시끄러!

대철, TV 꺼버리고 방으로 들어간다.

인숙, TV를 다시 켜고 계속 짜깁기를 한다.


**인숙**     뉴스 시작하네… 안 봐요?

**대철**     (소리만) 안 봐!

**인숙**     그럼 나 드라마 봐요.

**대철**     ….

**인숙**     종일 삐쳐있네. 기운도 좋아.


안방 쪽을 한 번 흘겨보고 다시 짜깁기한다.

가끔 TV를 보면서, 웃는다.

# 일상 둘

골목에서 나는 소음이 간간이 들릴 뿐 집은 조용하다.

주방.
식탁 위에는 커다란 스테인리스 볼. 김치를 담그던 흔적이 보인다.

정적을 깨는 전화벨 소리.
곧, 인숙이 급하게 들어온다.
한 손에 죽염을 든 채로 전화기 쪽으로 빠르게 걸어간다. 받자마자 끊기는 전화.
곧이어 핸드폰이 울린다. 발신자를 확인하고 전화를 받는다.
남은 손은 일하느라 분주하다.

**인숙**    그래. (사이) 집이야. 1층 아줌마가 죽염 좋은 거 있다고 해서 그거 받아가지고 오느라. (사이) 이 시간에 집에 있겠냐. 동네 들어서자마자 사라지셨다. (사이) 좋아질 게 뭐 있어. 늙어서 아픈걸. 또 말하기 귀찮으니까 니 언니한테 들어. 김치 담느라 바빠. 끊는다.

인숙, 묵묵히 김치만 담그고 있다.
초인종 소리. 연속해서 계속 울린다.

**인숙**　　나가요.

인숙, 손을 대충 닦고 현관문을 열어준다.

**대철**　　왜 빨리 못 열고 뜸을 들여?

대철, 공중으로 날아갈 정도로 신발을 벗어 던지고 종종걸음으로
화장실로 들어간다.
인숙, 대철이 벗어놓은 신발을 정리한다.

**인숙**　　뭐하느라 이제 와?

대철이 화장실에서 나와 외투를 벗으며 안방으로 들어간다.

**인숙**　　뭐하느라 이제 왔냐고.
**대철**　　기동이네!
**인숙**　　맨날 붙어 다니면서 뭐가 아쉬워 집까지 찾아간대….

대철, 거실로 나와 컴퓨터를 켜고 온풍기 앞에 앉는다.

**대철**　　춥다, 추위.
**인숙**　　바둑 뒀어요?
**대철**　　올핸 유난히 춥네.

| | |
|---|---|
| 인숙 | 뭐하고 왔냐고요. |
| 대철 | 벌써부터 이러면 한겨울엔 얼마나 추울 거야? |
| 인숙 | 뭐하고 왔냐니까? |
| 대철 | 주차장에. |
| 인숙 | 거긴 왜. |
| 대철 | 차 좀 보고 왔지. |
| 인숙 | 갑자기 왜. |
| 대철 | 뭘 꼬치꼬치 캐물어? |
| 인숙 | 운전해보겠다고 또 설칠까 봐 그러지. |
| 대철 | 한번 그런 거 가지고 몇 년을 잔소리야. |
| 인숙 | 잔소리 안 하게 생겼어? 한쪽 다 망가져가지고 운전한다고 고집 피우는데? |
| 대철 | 내가 30년 무사고야. 한쪽 못 쓴다고 운전을 못 해? 말리니까 안 한 거지. |
| 인숙 | 또, 또. |
| 대철 | 손가락 발가락으로도 해. |
| 인숙 | 웃기고 있네. 한 번만 더 그래. |
| 대철 | 차 닦으러 갔어. 그만 좀 징징대. |
| 인숙 | 날씨도 추운데 차는 뭐 하러 닦아. |
| 대철 | 팔아라 말아라 잔소리 하니까 생각나서 간 거 아냐. |
| 인숙 | 한동안 안 가더니. |

짧은 사이.

| 대철 | 자리를 너무 차지했어. 그것도 다 돈인데. |
|---|---|
| 인숙 | 여태 말할 땐 귀뚱으로도 안 듣더니 갑자기 왜 이래? |
| 대철 | 주차장도 손바닥만한데…. |
| 인숙 | 기동이가 차 빼래요? |
| 대철 | 그런 소릴 왜 해? |
| 인숙 | 그럼, 와이프가 잔소리한대? |
| 대철 | 그럴 사람 아니야. |
| 인숙 | 어찌 알아. |
| 대철 | 팔아버릴까? |
| 인숙 | 그 고물을 누가 사. |
| 대철 | 폐차시킬까? |
| 인숙 | 굴러는 간다며. |
| 대철 | 자리만 차지하고 뭐에 써. |
| 인숙 | 웃겨. 며칠 전까진 안 판다고 길길이 날뛰더니. |
| 대철 | 남말하네. 팔라고 길길이 날뛴 건 누군데. |
| 인숙 | 그냥 둬요. 기동이 마누라한테 옷이나 한 벌 사주지, 뭐. |
| 대철 | 그런 거 아니라니까. 기동이 자식한테 사 먹인 밥이 얼만데. |
| 인숙 | 그러니까. 근데 갑자기 왜. 당신 쓰러지고 택시 팔자 할 때 뭐랬어. 금방 운전할 수 있다며. 손대지 말라고 승질은 얼마나 부렸게. |
| 대철 | 내가 언제 그랬어? 풍 맞고 운전을 어떻게 해? |
| 인숙 | 못 살아, 정말. 내가 말을 말아야지. |

이리 와서 맛이나 봐요. 혀가 고장 나서 제대로 됐는지 모
르겠네.

인숙, 김치 하나 집어 보인다.

**대철**   물김치네.

**인숙**   당신 먹을 거야. 먹어 봐요.

**대철**   싱거워.

**인숙**   별수 있어? 남은 반찬도 대충 싸서 다 1층 갖다줬어요.

**대철**   뭐하러.

**인숙**   자꾸 손대니까 그러지 뭐. 눈에 보이면 아무래도 한 번은
       먹게 될 거 아냐. 나도 이참에 싹 바꿀라구.

**대철**   백 년은 살겠네.

**인숙**   병원서 안 좋은 소리 좀 들었다고 딴생각하지 마. 낼모레
       면 팔십인데 혼자 밥 먹고 멀쩡히 돌아다니는 것도 고마
       운 줄 알아야지. 그까짓 거 레이저로 쏘면 금방이래.

**대철**   ….

대철, 컴퓨터 앞에 앉는다.

**인숙**   또 글루 가네.

대철, 못 들은 척.

**대철**  왔네, 왔어. 허허, 신기하네. 자네 일루 와봐. (사이) 일루 와보라니까!

인숙, 대철 뒤에 선다.

**대철**  이것 보라고. 나 칠순 때 강진이랑 해남 여행 가서 찍은 가족사진이야. 여기 뒤에 자네 다니던 국민학교 건물 보이지?
**인숙**  그러네. 이게 왜 여기 있대?
**대철**  스캔이라고 아나? 모르지? 그니까 사진 복사하는 거야.
**인숙**  복사는 종이에다 하는 거지.
**대철**  무식하기는. 뭐, 암튼 사진을 복사해서 기동이가 나한테 보내준 거야. 좌우지간, 기동이 거랑 같은 걸로 사다 놔야겠어. 복합기라고 하는 건데 사진도 뽑고 글도 뽑고 별게 다 돼.
**인숙**  또 돈 쓸 궁리하네.
**대철**  이것 좀 봐. 이렇게 모아놓고 보니 우리 식구가 많기는 많네. 올여름에도 한 번 더 갔으면 좋겠는데…, 애들 바쁘겠지?
**인숙**  채원이 고3인데 어딜 가자고 그래. 눈치 없이.

인숙, 주방으로 가서 마무리 정리한다.
대철, 인숙을 힐끔 쳐다본다.

**대철**　무릎은. 의사가 뭐래.

**인숙**　빨리도 물어보네.

**대철**　다 됐대?

**인숙**　다 됐다네요.

**대철**　그럴 줄 알았다니까. 진작에 이사 갈 걸 그랬어. 4층을 오르락내리락거리니 무릎이 성할 리가 없지.

**인숙**　동네 친구들 여기 다 있다고 이사 싫단 사람이 누군대.

**대철**　또 사람 잡네. 한의원 때문에 못 가겠다고 해서 안 간 기지.

**인숙**　장로님이 침은 잘 놓으세요. 신경도 많이 써주시고.

**대철**　한의원이 다 거기서 거기지.

**인숙**　그럼…, 의정부로 들어가? 올봄에 계약 끝나는데, 나가라고 할까?

**대철**　올봄?

**인숙**　… 아님 의정부 아파트도 팔아버리고 엘리베이터 있는 공기 좋은 데로 가든지. 여기 전세값으론 아파트는 어림도 없네요.

**대철**　놔둬. 정민이 걸로 해두자고.

**인숙**　핑계는… 당신, 이 동네 못 떠나. 맘 같아선 남양주 쪽으로 들어가고 싶은데. 교회도 가까워지고 공기도 좋고… 싫어?

**대철**　….

**인숙**　말해 뭐해. 내 입만 아프지. 오랜만에 같이 나갔는데 바람이라도 쐬고 들어오면 좀 좋아. 병원서도 자기 얘기만 듣고 휭 하고 나가더니 동네 들어서자마자 쪼르르 기동이네로 달려가고. 마누라는 어디가 아프든 말든 관심도 없어.

**대철** ….

**인숙** 기동이는 배우려면 혼자 배울 것이지, 뭘 하든 꼭 옆에 끼고 다니려고 해. 젊어서도 맨날 어울려 다니면서 속 썩이더니 늙어서도 그래. (사이) 당신, 술 먹지 말아요. 컴퓨타 배운다고 몰려다니면서 기동이랑 몰래 한 잔씩 하는 거다 아니까. 날씨도 추운데 괜히 밤늦게 돌아다니다가 어디서 자빠지기라도 하면 큰일 난다구, 글쎄. (사이) 내 얘기 들어요? 이제 밥도 집에서만 드시라고. 술은 입에도 델 생각 말고. 응? 괜히 엇나가지 말고 의사선생님 말 새겨들으라고. 응?

**대철** ….

**인숙** 또 누가 짖나 보다 하네. 사람이 말을 하면 듣는 척이라도 하지. 그 앞에 앉아 있으면 정신이 쏙 나가나 봐. 맨날 애들한테 전화해서 성가시게 하고. 그냥 생긴 대로 살면 되지, 왜 다 늦게 그 어려운 걸 배우겠다고 생고생을 하냐고 미련스럽게.

**대철** 거참 되게 재잘거리네. 애들 성가시게 안 하려고 배우는 거 아냐. 뭣 좀 물어보려고 하면 바쁘다고 하고 귀찮아하고. 먹고 사느라 바빠서 못 배운 거 이제라도 배우겠다는데 왜 그렇게 옆에서 쫑알대?

**인숙** 가끔씩 앉아 있는 거면 뭐라고 하나? 한 번 앉았다 하면 종일이니까 하는 말이지. 겨우 거기서 끄집어내면 스마트폰인가 뭐, 그것만 들여다보고 있고. 돈은 돈대로 들고 힘은 힘대로 빠지고. 잠깐씩 하면 뭐라고 해? 쉬엄쉬엄 적당히 좀 하지.

**대철**  아무것도 모르는 소리 하지 말고 국으로 입 다물고 있어. 선생님이 빨리 익힌다고 얼마나 칭찬을 하는데 사람을 앉혀놓고 무시를 해, 무시를 하긴. 보여 줘도 뭘 알아야 내가 잘하는지 못하는지 알지. (사이, 버럭) 집 혼자 못 찾아와서 같이 들어와? 날도 추운데 어딜 바람 쐬고 돌아다니자는 거야?

**인숙**  앉아서 다 들어놓고 왜 못 들은 척해?

**대철**  답답한 소리만 하고 앉았으니까 그러지.

**인숙**  없을 때 확 팔아버릴까 보다.

**대철**  팔아버릴 거 많아 좋겠네.

**인숙**  기운 빠지게 그게 뭐 하는 짓이야. 그 시간에 책이나 보지.

**대철**  이 사람 보게? 자네야말로 평생을 쭈그리고 앉아 천 조각만 들여다봤으면 됐지, 뭐가 미련이 남아서 아직도 바느질로 시간을 보내는가? 들여다보느라 허리 아프고 눈 시린 거면 차라리 컴퓨터 화면 보는 게 백번 천번 낫지.

**인숙**  TV 보니까 그 컴퓨타 화면에서, 뭐라더라, 암튼 사람 몸에 안 좋은 전자파 나온대요.

**대철**  밥 먹고 맨날 TV 앞에만 앉아 있더니 잔소리도 다양하네.

**인숙**  TV가 거짓말할까. 오래오래 건강하게 살라고 하는 소리지.

**대철**  그 몇 년 더 살려고 하고 싶은 것도 하지 말고 살라고? 목

숨이 끊어져야 죽는 건가? 아무것도 하지 않는 것도 죽은 거지. 사람이 말이야. 꿈과 희망이라는 게 있어야 쓰지, 안 그런가? 김 원장도 그러더만. 눈 검사하는 판 말이야. 그 글자 크기를 밑으로 갈수록 점점 크게 해서 만들었대. 그랬더니 크기가 점점 작아지는 판보다 사람들 시력이 좋게 나온다는 거야. 점점 작아지는 건, 밑에 있는 글자는 당연히 안 보이겠지… 하는 마음 때문에 봐질 수 있는 것도 안 뵌다는 거지. 거, 신기하더만. 그니까 내 말은 뭐냐. 자네처럼 그냥저냥 살다보믄, 남들이 보는 거 하나도 못 보고 뒷걸음질만 하다가 자빠져버린다는 거지, 암.

**인숙**　….

**대철**　사람이 구식이야. 시대에 뒤떨어져가지고 뭐 하나라도 배울 생각은 안 하고 밥 먹고 드라마 보고 잠자고 드라마 보고. 것도 아니면 쪼그리고 앉아서 바느질이나 하고 있고. 짜집기한다고 몇 십 년을 남이 입던 옷이랑 씨름해 놓고 지겹지도 않아? 아무리 봐도 사람이 게을러. 그러니 나 같은 사람을 이해할 리가 있나. (사이) 아, 그럴 거면 무릎 아프다 허리 아프다 죽는소릴 말던가! 끙끙 앓는 소리, 지겨워 죽겠네.

인숙, 말없이 대철의 말을 듣고 있다가 온풍기 방향을 틀어 앞에 가까이 둔다.

**대철**　뭐 하는 거야? 나 추워.

인숙, 듣는 척도 않고 온풍기를 옆에 두고 짜깁기를 한다.
대철이 온풍기를 다시 옮기려고 하자 잡고 놓지 않는다.
대철, 인숙이 짜깁기하던 옷을 던져 버린다.

**인숙**　이 양반이….

인숙, 옷을 챙긴다.
대철, 그 사이에 온풍기를 자기 방향으로 틀어 가까이 옮겨 놓는다.
인숙이 가까이 다가가자 대철은 온풍기를 온몸으로 힘 있게 잡는다.
인숙, 컴퓨터 전원 코드를 뽑아 버린다.

**대철**　어이쿠!

인숙, 온풍기를 옮겨 그 앞에 앉아 다시 짜깁기한다.

**대철**　컴퓨터 이렇게 막 <u>끄고</u> 그러면 금방 고장 나는데, 자네 뭐 하는 건가?
**인숙**　난 무식해서 그런 줄 몰랐네요.
**대철**　왜 그래? 자꾸 삐딱하게 굴 거야?
**인숙**　….

| | |
|---|---|
| **대철** | 머리 백발 돼서 사춘기 오는 거야? 아님 진짜 노망이라도 나려는 거야? |
| **인숙** | 그런가 보지. |
| **대철** | 이 사람… (사이) … 삐쳤어? |
| **인숙** | …. |
| **대철** | 삐쳤네. |
| **인숙** | 내버려 둬요. |

대철, 인숙 옆구리를 쿡 찌른다.

| | |
|---|---|
| **인숙** | 아이구, 정말. 내버려 둬! |
| **대철** | 진짜 삐쳤네. |
| **인숙** | 누군 배울 줄 몰라서 못 배웠나. 자식 넷 데리고 아웅다웅 살다 보니까 이 나이 된 걸 가지고. 자기는 택시 운전하면서 이리저리 돌아다니면서 살았으니까 보고 들은 것도 많겠지만 나는 방구석에 처박혀 앉아만 있었는데 뭘 알겠어. 어디 몸 한 구석 안 아픈 데가 없고 눈은 침침하고 혀는 맛이 가서 뭘 먹어도 짠지 단지 구분도 안가고…, 그냥 누워만 있고 싶은 걸 어떡하라고. 웬만해야 듣고 넘어가지, 사람이 말이면 단 줄 알아. |
| **대철** | …. |
| **인숙** | 집안에 달랑 둘이만 있는데 무슨 말만 하면 잔소리한다고 입 다물고 있으래. 내가 식모야, 뭐야. 내가 밥 주는 사람 |

이야? 그러니까 애들도 아쉬울 때만 찾지. 다 지 아빠 보고 배운 거야. 내가 바보 같아서 평생을 참고 살았더니 진짜 바보 천친 줄 알아. 무조건 자기가 다 잘한 줄 알고 있다니까. 나이 들면 두고 보자 했는데 나이 드니까 성격이 더 고약해져. 나 좋으라고 한 소리야? 아파서 고생할까 봐 그러지. 우리 나이엔 항상 조심해야 하는데. 그렇게 조심하고 아침저녁으로 운동해도 한순간 방심하면 어찌될지 모르는 나이라구, 우리 나이가. 1층 아저씨도….

인숙, 말을 잇지 못하고 작게 한숨 내쉰다. 묵묵히 손만 바쁘게 움직인다.
대철, 오도 가도 못하고 인숙에게서 멀찍이 서 있다.

**대철**  청산유수네. 우리 마누라, 어찌나 말을 잘하는지 끼어들 틈이 없네.

인숙이 노려보자 대철, 움찔한다.
자리 잡지 못하고 계속 인숙 주위를 서성거린다.

**인숙**  정신없게 왜 왔다갔다거려요. 좋아하는 컴퓨타나 해요.
**대철**  아니야. 안 해. 기동이네서도 좀 들여다보고 집에 와서도 잠간 앉아 있었고. 갑자기 피곤하네? 컴퓨터 때문에 그러나?

**인숙**      ….

대철, 서랍장을 열어 귀이개를 꺼내 들고 인숙 옆에 앉는다. 귀이
개를 들이민다.
인숙, 손으로 밀쳐낸다.
대철, 다시 귀이개를 들이민다.

**대철**      이봐, 귀 좀 파줘.
**인숙**      저리 가요.
**대철**      귀 간지러워. 귀 좀 파줘.
**인숙**      뭐가 예쁘다고.
**대철**      아이고오, 피곤해라.

인숙의 무릎을 베고 누우려고 하자, 인숙은 무릎을 세워 대철 머
리를 밀어낸다.

**인숙**      복지관에 있는 애인들은 뭣에 쓴대? 귀나 파 달래지.
**대철**      마누라 있는데 애인한테 귀 파 달래?
**인숙**      ….
**대철**      오늘 귀 청소하기는 다 틀렸구만.

대철, 쿠션을 베고 인숙 옆에 모로 눕는다.
골목 멀리서 가전제품 중고차의 확성기 소리가 지나간다.

**대철**  이봐…, 택시 타고 돌아다니는 게 좋은 줄 알아? 것도 서비스업이라고 신경 쓰이는 게 얼마나 많은데… 별별 인간들이 다 타. 팔뚝에 대문짝만한 문신 있는 놈들도 타고, 외국 사람들도 타고… 차 안에다가 술 처먹고 오줌 싸는 놈들도 있다니까? 시트 다 젖어가지고 다음 손님한테 욕먹고… 그런 날은 그냥 날 새는 거지.

**인숙**  ….

**대철**  어떤 놈은 이랬다저랬다 횡설수설하더니 실어다 주니까 여기가 아니라면서 막 화를 내. 돈 못 주겠다고. 주먹질하고 싸울 수는 없으니 그냥 보내줘야지, 뭐. 중학생밖에 안 돼 보이는 어린놈의 새끼는 일부러 빙 돌아간다고 신고를 한대. 허허허. 딱 우리 손주만 한 놈이… 그렇게 30년을 살았네. 그래도 세상이 이렇게 험한데 강도 한 번 만나지 않은 게 어디야. 그치?

**인숙**  ….

**대철**  근데…, 이것도 자격지심인가? 내 또래 양복쟁이들이 조그만 컴퓨터 가방 들고 타면 그게 그렇게 속이 아프더라구, 나는? 꼭 그런 인간들은 뒷좌석에 앉아. 건방진 놈의 자식들… 거기 앉아 컴퓨터로 일하면서 전화로 뭐라 뭐라 떠들면 그게 왜 그렇게 멋있어 보이던지, 택시 값 계산할 때 그냥 쥐어 박아주고 싶더라구.

**인숙**  한 번 쥐어 박아보지 그랬어요.

**대철**  예끼, 이 사람아. (사이) 돈 안 내고 내빼는 인간들한텐 화

안 나. 불쌍하기도 하고 그냥 마음이 그래. 그런데…, 그건 그렇더라구. 꼭 내가 그 양복쟁이들 개인 기사 같아. 쫄다구 말야. 같은 택시 안에 앉아 있는데도 인생이 쩍 갈려진 것 같단 말이지. 이 인간들은 무슨 복을 타고나서 저러고 사나… 똑같이 전쟁 겪고 살았을 텐데… 하긴, 우리 형님도 대학은 다녔지. (사이) 그니까 말리지 말어. 한쪽 손 갖고 할 수 있는 건 컴퓨터 갖고 노는 것밖에 없는데… 또 쓰러지는 거 무서워서 암것도 안 하고 있기는 싫어.

대철, 돌아눕는다.

**인숙**  이불 덮고 제대로 누워서 자요.

**대철**  택시는 부품값이라도 몇 푼 더 받을 수 있을 때 팔자구. 복합기는 그 돈으로 사지, 뭐….

**인숙**  다 나으면 운전하고 돌아다닌다며.

**대철**  어느 세월에.

**인숙**  사람일 누가 알아.

**대철**  귀찮아. 안 해.

**인숙**  이참에 면허 따서 내가 몰고 다닐까?

**대철**  허허허허, 허허허허… 지나가는 똥개가 웃겠네.

**인숙**  당신 컴퓨타 배우는 것보단 빠르겠지, 내가.

**대철**  필기시험 통과하는 데도 백 년은 걸리겠네.

**인숙**  내가 학교 다닐 때 머리가 얼마나 좋았는데.

대철    60년 전에? 시끄러, 이 사람아. 잘 거야. 말 시키지 마.
인숙    ….

잠시 후, 대철의 등이 크게 부풀었다 가라앉기를 반복하더니 코고는 소리 들린다.

인숙    덮어놓고 사람 무시하기는….

인숙은 대철의 잠자는 모습을 바라본다.

# 일상 셋

초인종 소리.
집안엔 아무 인기척 없다.
다시 한 번 초인종 소리.

**대철**    (밖에서) 이봐! 문 열어!

초인종 소리. 서너 번 빠르게 울리다.
잠시 후, 대철이 열쇠로 문을 열고 집 안으로 들어온다.

**대철**    문도 안 열어주고 뭐 하는 거야?

대철은 현관문도 닫지 않고 급하게 신발을 벗어 화장실로 들어
간다.
화장실 물 내리는 소리. 바지를 고쳐 입으며 화장실에서 나온다.

**대철**    이봐! 이봐! 집에 없어?

빠르게 주위를 둘러본다.
현관문 쪽으로 걸어가 문밖을 살펴보고 현관문을 닫는다.
벗어놓은 신발을 꼼꼼하게 정리한다.

**대철**     어디를 간 거야?

주위를 둘러보며 힘겹게 외투를 벗는다. 잠시 우뚝 서 있다.
안방으로 들어가며.

**대철**     어딜 간다면 간다고 말을 해야지. 핸드폰은 멋으로 들고
다니나. 일찍 들어오라고 귀에 못 박히게 잔소리해서 일
찍 들어와 줬더니… 도망갔나? 아, 어디를 간 거야, 내제?

안방에서 나와 전화를 건다. 받지 않는다.

**대철**     에이, 둔한 사람. 전화를 하면 한 번에 받는 적이 없어. 전
화기는 왜 들고 다니는 거야? 그냥 집에 모셔놓고 있지.

다시 수화기를 들어 전화를 건다. 받지 않는다.

**대철**     전화를 받는 인간이 없네.

다시 전화를 건다.

**대철**     정식이냐? (버럭) 니 엄마 어디 갔냐! (사이) 알았다.

수화기를 거칠게 내려놓는다.

| 대철 | 뭐하느라 안 들어와? 아, 얼른 와서 밥 줘! 배고파 죽겠네. |
|---|---|

컴퓨터 전원을 켠다.

| 대철 | 에이, 성질나. 오늘따라 왜 이리 느려. |
|---|---|

스마트폰을 꺼내 문자를 입력한다.

| 대철 | 어… 디… 야… 나… 배… 고… (파…). (사이) 이놈의 할망구, 전화도 안 받는데 문자 확인을 하려나? |
|---|---|

주방으로 향한다.
냉장고 문을 열어 반찬 통을 꺼내 식탁 위에 올려놓는다.
반찬 뚜껑 하나하나를 힘겹게 연다.
싱크대 위 선반 문을 연다.
그릇들이 포개져 쌓여 있다. 밥그릇 하나를 꺼낸다. 그 모양이 위태롭다.
밥통에서 밥을 담는다. 밥알을 흘린다. 손으로 주워 먹는다.
의자에 앉아 수저를 들고 식탁 위를 쳐다보다가.

| 대철 | 먹을 게 없어. |
|---|---|

주방 여기저기를 뒤진다. 참치 통조림 하나를 발견한다.

뚜껑을 따려고 하지만 번번이 실패한다.

**대철**　　열려라. 좀 열려라, 이놈아… 됐다, 됐….

통조림이 엎어진다. 열린 틈 사이로 내용물이 흘러나온다.

**대철**　　….

어수선해진 식탁.
대철은 의자에 앉은 채로 엎어진 통조림 캔만 바라보며 왼손 팔목을 주무른다.

현관문 밖에서 인기척 소리.
대철, 행주를 챙겨 들고 식탁 위를 닦기 시작한다.
인숙이 집 안으로 들어온다. 커다란 배낭을 메고 있다.

**인숙**　　벌써 들어와 있네?
**대철**　　일찍일찍 다니라고 하도 꿍얼거리니까 그랬지.
**인숙**　　거기서 뭐 해?
**대철**　　배고파서….
**인숙**　　조금만 기다리지 않고.
**대철**　　온다 간다 말도 없이 집에는 없고 전화도 안 받으니까…
　　　　언제 올 줄 알고 기다려?

배고파 죽겠는데.

**인숙**  이리 내요… 손 다칠라구 이건 또 왜 꺼냈대.

**대철**  집에 먹을 게 하나도 없어.

**인숙**  먹을 게 왜 없어, 못 찾아 먹은 거지.

**대철**  혼자만 먹을라구 얼마나 꽁꽁 감춰 놨는지 도통 찾을 수가 있나.

**인숙**  그럼 저건 뭐예요. 구석에 있는 건 잘도 찾으면서 눈앞에 있는 건 왜 못 봐?


인숙, 냄비가 올려진 가스레인지에 불을 켠다.

대철, 인숙이 메고 들어온 배낭을 열어본다.


**대철**  이게 다 뭐야? 장 보고 온 거야?

**인숙**  어지럽히지 말고 그냥 둬요.

**대철**  무슨 장을 하루 종일 봐?


대철은 배낭을 들었다가 다시 내려놓는다.


**대철**  아이구, 무거워. 천하장사네. 이걸 짊어지고 여기까지 올라왔어?

**인숙**  정수가 이 앞까지 실어다 줬어요.

**대철**  둘째 만났어? 근데 왜 여기까지 와서 집에도 안 들어와?

**인숙**  집에 가서 애들 저녁 줘야는데 잠깐 앉아 있을 거 뭐 하러

| 대철 | 올라와. 내가 그냥 가라고 했어요. 당신 있는 것도 몰랐고. 팔자 좋구만. 딸년이 장 본 것도 실어다 주고. 난 또 도망 간 줄 알았지. |

인숙, 가볍게 배낭을 들어 옮긴다.
대철, 놀라서 쳐다본다.

| 인숙 | 신소리 하지 말고 앉아 있어요. 밥 줄 테니까. |
| 대철 | 여기까지 왔으면 점심이라도 같이 하면 좋잖아. 나만 쏙 빼고 둘이만 데이트하나? |
| 인숙 | 데이트는 무슨… 컴퓨타 교실 하루만 빠져도 큰일 난 다면서. |
| 대철 | 오늘은 카카오톡 배웠어. 그거 아냐. |
| 인숙 | 까까…, 뭐? |
| 대철 | 그런 거 있어. 스마트폰 교실. |
| 인숙 | 혹 하나 더 붙었네. |

인숙, 밥상 차린다.

| 인숙 | 뜨거워요. 손 조심해. |
| 대철 | 뭐야. |
| 인숙 | 아귀국. 면역력에 좋다네. |
| 대철 | 소주 좀 줘 봐. |

| 인숙 | 미쳤어! |
|------|--------|
| 대철 | 한잔은 괜찮을걸? |
| 인숙 | 멀쩡한 사람들 얘기지! |
| 대철 | 그거 한 잔 마신다고 어떻게 되겠어? 한잔만 줘 봐. |
| 인숙 | 없어! 벌써 다 쏟아버렸어. |
| 대철 | 재미없네. |
| 인숙 | 나이는 거꾸로 먹어? 아무리 철이 없어도 그렇지, 소주 생각이 나? |
| 대철 | …. |
| 인숙 | 아등바등 애쓰고 있는데 나 괴롭히는 재미로 사나 봐. |
| 대철 | 마지막으로 한잔만 했으면 (좋겠네). |
| 인숙 | 꿈도 꾸지 마요. |

대철이 식사하는 동안 인숙은 배낭 속 식재료들을 냉장고 안에 넣는다.

대철, 식탁 위를 똑똑 두드린다.

| 인숙 | 왜요. |
|------|------|
| 대철 | 잠깐 이 앞에 앉아봐. |
| 인숙 | 일하고 있는 거 안 보여요? 그냥 말해. |
| 대철 | 둘쨌 왜 만난 거야? 뭐하다 온 거야? |
| 인숙 | 장 봤다니까. |
| 대철 | 지 에미랑 장 보려고 여까지 왔다고? 허허, 웃기는 소리 |

하고 앉았네. 왜 생전 안 하던 짓이래?

**인숙**　　….

**대철**　　이봐, 이봐. 말 못 하잖아.

**인숙**　　….

**대철**　　묵비권이야? 자네, 나한테 뭐 숨기는 거 있지?

**인숙**　　….

**대철**　　입 좀 열어 봐? 속 터져 죽겠네.


인숙, 의자에 앉는다.


**인숙**　　놀라지 않는다고 약속해요.

**대철**　　무섭게 왜 이래?

**인숙**　　화내지 않는다고 약속해요.

**대철**　　….

**인숙**　　약속 안 해요?

**대철**　　알았어. 말해 봐.

**인숙**　　….

**대철**　　말해 보라니까?


사이.


**인숙**　　학원…, 등록했어요….

**대철**　　뭐? 학원 뭐라고?

| 인숙 | 학원에 등록했다구. 그래서, 실은 큰애도 같이 다녀왔어요…. |
|---|---|
| 대철 | 답답해 죽겠네. 무슨 학원? |
| 인숙 | …. |
| 대철 | 아, 무슨 학원! |
| 인숙 | 운전면허 학원! |
| 대철 | …! |
| 인숙 | 생전 어디를 다녀 본 적이 있어야지. 면허 따려면 어떻게 해야 하는지도 모르고. |
| | 그래서 애들이랑 같이 다녀왔어요. |
| 대철 | 농담이지? |
| 인숙 | 농담 아니에요. |
| 대철 | 그럼, 미친 거야? |
| 인숙 | 마침 시에서 노인들 운전면허 따라고 뭐 하는 게 있습니다. 나 혼자 하는 건 아니고…, 죄다 70대예요. 큰애가 알아봐다 줘서 거기서 노인네들 다 같이 운전 배우는 거예요. 그러니까…. |

대철, 스마트폰을 찾아들고 전화를 건다.

| 인숙 | 어디다 걸어요. |
|---|---|
| 대철 | 정애냐? 너 정신이 있냐, 없냐. |
| 인숙 | 아이구, 이 양반이. 얼른 끊어. |

| 대철 | 에미가 이상한 짓을 하면 말려야지, 왜 장단을 맞춰 줘! 나이 칠십 넘은 할망구가 무슨 면허야! |
|---|---|
| 인숙 | 하지 말라니까. 얘도 말렸어. 내가 고집 피운 거지! |
| 대철 | 도대체 거가 어디냐! 당장 전화해서 취소해! |
| 인숙 | (폰을 뺏어 받으며) 다시 전화할게. 끊어라. |
| 대철 | 뭘 또 다시 전화해? 둘 다 똑같아. 에미랑 딸이 쌍으로 미친 거야? |
| 인숙 | 조용히 좀 해요. 화 안 내기로 약속했잖아. |
| 대철 | 학원도 혼자서 찾아갈 줄 모르는 위인이 무슨 면허야? |
| 인숙 | 목소리 좀 줄이라니까. |
| 대철 | 젊어서도 겁 많아 엄두도 못 내던 걸 왜 지금 딴다는 거야? 자네 기계 만질 줄 아는가? 이 핸드폰 하나도 다룰 줄 몰라서 쩔쩔매는 위인이 무슨 차를 운전한다는 거야? 미치려면 곱게 미쳐! |
| 인숙 | 또 성질부터 부리네. |
| 대철 | 성질 안 나게 생겼어? 드라마에서 차 소리만 크게 나도 깜짝깜짝 놀라는 사람이 겁도 없이 무슨 운전을 배우겠다는 거야? 어디 모르는 데 나가는 것도 그 전날부터 덜덜덜 떠는 반푼이가! 날도 추운데 어디 박기라도 하면 또 무슨 앓는 소리를 하려고! 개나 소나 다 면허 따니까 쉬운 줄 아나 보네. 이 사람아, 정신 차려! 자네가 이팔청춘인 줄 알아? |
| 인숙 | 그래. 나도 이팔청춘처럼 살아보자. 왜, 그럼 안 되냐? |

대철     뭐야?

인숙     나도 이제 사람처럼 살아보려고 그런다, 왜!

대철     이 사람이…!

인숙     이대철이! 넌 하면서 왜 나는 안 돼?

대철     이대철이?

인숙     울화통 치미는 거 참고 받들어 주니까 진짜 자기가 왕인 줄 알아.

대철     이 할망구가 기어코 돌아버린 거야?

인숙     게으르다며! 시대에 뒤떨어졌다며! 구식이라며!!

대철     허, 참!

인숙     밥 먹고 드라마 보고 잠자고 드라마 보고, 뭐 하나 배울 생각도 안 하고 궁상스럽게 쪼그리고 앉아서 바느질만 하고 있다고 사람 있는 대로 무시할 때는 언제고 나도 뭣 좀 해보겠다는데 왜 성질부터 내? 뭐? 아무것도 하지 않는 사람은 죽은 사람이야?

대철     그냥 해본 소리를 토씨 하나 안 빼놓고 기억하는가?

인숙     이게 그냥 해본 소리야? 사람이 생각을 하고 말을 해야지. 멀쩡한 사람 산송장 만들어놓고 그냥 나오는 대로 뱉어내면 다 말인 줄 알아?

대철     밴댕이가 따로 없네. 그래서 미안하다고 했잖아!

인숙     언제 미안하다고 했대? 그냥 구렁이 담 넘어가듯 넘어 놓고?

대철     그래서 그걸 꽁하니 쌓아두고 있다가 날 밝자마자 쪼르르 달려가서 등록한 거야?

**인숙** 두 발 달린 짐승이 어디를 못 갈까. 으이그, 징그러. 승질은, 그놈의 승질은!

**대철** 내 성격 몰라서 그래? 갑자기 왜 튕겨 나가는 건데?

**인숙** 말리지 마. 아무리 뭐라고 해도 이번엔 양보 안 해.

**대철** 내 밥은 누가 챙겨 줘! 혼자서 낑낑거리면서 해 먹으라고?

**인숙** 밥 안 줄까 봐, 그거 걱정하느라 말리는 거야?

**대철** 누가 그것 때문에 그렇대? 아무튼 안 돼!

**인숙** 싫어.

**대철** 어허, 그래도 이 사람이! 써먹지도 못할 면허를 뭣 하러 따!

**인숙** 당신 택시 끌고 다니려고 그런다!

**대철** … 뭐야? 정말 그것 땜에 그래?

**인숙** 택시 타고 여행 다닐 거야!

**대철** 단단히 미쳤구만.

**인숙** 팔자 좋은 여편네들처럼 멋지게 차려입고 차 몰고 고향 내려갈 거야. 꽃구경도 다니고 나 좋아하는 바다 구경도 하고, 그리 돌아다닐 거다, 왜!

**대철** 건 아무나 하는 건 줄 알아?

**인숙** 맘대로 무시하라구. 하늘이 두 쪽이 나도 내 맘대로 할 거니까 그리 아셔.

**대철** 왜 생전 안 부리던 고집이야?

**인숙** 50년 동안 그 고집을 다 참아줬는데 나도 한 번을 못 부릴까.

| 대철 | 꿈도 꾸지 마. 당장 팔아버릴 거야. |
|---|---|
| 인숙 | 그러기만 해. |

대철, 외투를 챙겨들고 나와 신발을 신는다. 잘 신겨지지 않는다.

| 인숙 | 어디 가. |
|---|---|
| 대철 | 당장 가서 망치로 다 때려부숴 버릴 거야. |
| 인숙 | 미쳤나 봐. |
| 대철 | 누가 누구더러 미쳤대? |
| 인숙 | 택시에 손만 대 봐. 가만 안 둬! |

대철, 맘대로 움직여지지 않는 몸 때문에 짜증스럽다.

| 대철 | 구두주걱이나 내놔! |
|---|---|
| 인숙 | 손대지 마, 응?! |

대철, 신발 신지 못하고 계속 헤매다가.

| 대철 | 에이, 썅! |
|---|---|

대철, 신지 못한 신발 한 짝을 들고 밖으로 나가 현관문을 거칠게
닫아버린다.

정적.

인숙, 주저앉아 멍하니 화분을 응시한다.
화분 하나가 넘어져 있다. 화분을 정성스럽게 보살핀다.
시선이 아무렇게나 내던져진 외투로 향하자, 외투를 들고 안방으
로 들어가 문을 닫는다.

잠시 후, 거실로 나와 TV를 켜고 볼륨을 높인다.
집안을 둘러보다 식탁 아래쪽으로 시선이 멈춘다.
바닥을 닦는다.
한 곳만 집중적으로 힘줘서 닦는다.

대철의 스마트폰 벨이 울린다.
스마트폰을 집어 만지작거리지만 받는 방법을 알 수가 없다.
결국, 전화 받는데 실패하고 던지듯 내려놓는다.
벨 다시 울린다.
거실에 앉아 TV를 보다가 모로 눕는다.
거실에는 벨 소리와 TV 소리가 뒤섞인다.

# 일상 넷

요가 음악 소리.
대철, 거실에서 요가 DVD를 보고 있다.


**여자**  자, 지금부터 요가 수련을 함께 해보는 시간을 갖겠습니다. 선생님, 요가 수련을 처음 접하시는 분들이 유념해야 할 점이 있다면 어떤 것들이 있을까요?

**남자**  요가를 처음 접하시는 분들은, 요가의 내용 자체가 조화와 균형을 회복시키는 접근을 통해서, 나 자신이 건강하고 행복하고 아름답게 존재하기 위한, 그런….

**대철**  그냥 시작해.

**남자**  … 내용을 가르쳐 주는 삶의 지혜입니다. 따라서 모든 수련을 진행하실 때는 무리를 하게 되면…

**대철**  그 자식, 말 많네.


대철, 영상을 빠르게 뒤로 돌린다.


**여자**  … 몸과 마음을 깨끗하게 정화 시켜주는 요가를 시작해보도록 하겠습니다.

**대철**  옳지, 시작하는구만.

대철, 자리를 잡고 앉아 요가 동작을 따라 한다.

**여자**  … 요가의 가장 기본자세인 가부좌 자세를 해보도록 하겠습니다. 두 다리를 앞으로 자연스럽게 펴놓으십니다. 그대로 오른쪽 다리를 가지고 오셔서 천장을 향하도록 내려놓습니다. 다음에 왼쪽 다리를 가져오시고 그 다리 역시 마찬가지로 천장을 향하도록 내려놓습니다.

**대철**  빨라!

**여자**  두 팔을 양 무릎 위에 가지런히 내려놓으시고, 어깨의 긴장을 모두 풀어주시는 게 가장 중요합니다. 이 자세에서 우리 함께 복식 호흡을 해보도록 하겠습니다.

대철, DVD를 일시 정지시키고 동작을 만든다. 쉽지 않다.

**여자**  … 마실 때 배를 충분히 내밀어 주십시오. 숨을 내쉴 때 복부를 수축하시고 내쉬는 숨은 마시는 숨의 두 배로 길게 유도해 주십니다. 후우-.

**대철**  후우-.

**여자**  후우-.

**대철**  후우-.

**여자**  다음으로 전굴 자세를 해보겠습니다.

**대철**  응?

**여자**  두 다리를 앞으로 쭈욱 펴놓습니다. 이때 발끝을 똑같이 맞추어 주시는 게 중요합니다. 양옆으로 벌어져 있는 발 끝을 닫아서 그대로 숨을 마시고, 내쉬면서 상체를 앞으로 숙여주십니다.

대철, 손을 길게 뻗어 보지만 무릎까지밖에 닿지 않는다.

**여자**   절대 무리하시지 않습니다. 자, 후우-.

**대철**   후우.

**여자**   좀 더 아래도 기잎게 내려가 봅니다. 후우-.

**대철**   후우, … 퉷! 못해 먹겠네. 무리하지 말라며 뭘 더 내려가. 이게 끝이구만.

DVD를 꺼버린다.

**대철**   왜 여직 안 와?

컴퓨터 앞에 앉는다.

**대철**   이 자식, 바둑 한판 두자니까 아직도 안 들어왔네. 8시엔 들어올 수 있다더니 바쁜 일 생겼나?

잠깐 앉아 자판을 두드리다가 곧 일어난다.
거실에 앉아 요가 동작을 다시 만들어 본다. 잘되지 않는다.

전화벨 소리.

**대철**   여보세요! (사이) 누구냐! (사이) 엄마 없다. (전화를 끊는다)

요가 동작을 계속하려다가 의자에 앉아 다시 전화를 건다. 받지 않는다.

**대철**   망할 놈의 할망탱이. 세발 좀 한 번에 받으라니까, 더럽게 말 안 들어.

주방으로 가서 여기저기 뒤적거리다가 먹을거리를 가지고 컴퓨터 앞에 앉아 게임을 한다.

**대철**   해지도록 왜 안 들어와?

사이.

**대철**   돌대가리 사기꾼들, 돈 벌라고 개나 소나 다 붙여주는 거 아니야? 생전 책 한 줄 읽는 것도 못 봤구만. (사이) 아니, 어떻게 필기시험에 붙어?!

컴퓨터 게임 소리.

"쌌습니다! 으헤헤헤~."

대철    빌어먹을! 그걸 못 봤네!

음식을 바닥에 흘리는 줄도 모르고 게임을 계속한다.

대철    사람들이 말야, 그러면 못 쓰는 거야. 할망구가 운전하겠
다고 나서면 말려야지. 그걸 붙여? 흥! 차 키 주나 봐라. (사
이) 그렇지!

컴퓨터 게임 소리.

"우와~~ 대단하시네요! 짝짝짝짝~."

대철    내가 오늘 운이 좋구만. 기동이 자식이랑 한판 붙으면 오
늘은 다 이기겠어. 냄새 맡고 내뺀 거야? 심심해 죽겠네.
다들 어디서 뭐 하느라 안 들어오시나아. (사이) 심심해애!

현관 쪽에서 인기척 소리.
대철, 얼른 일어나 먹던 음식을 감추고 옷에 묻은 걸 털어낸다.
거실을 서성거린다.
인숙, 들어온다.

| 대철 | 왜 이제 들어와? |
|---|---|
| 인숙 | 어디 좀 들렸다 오느라. |
| 대철 | 어디. 애인 생겼어? |
| 인숙 | 애인 같은 소리 하고 있네. |
| 대철 | 난 또 도망간 줄 알았지. |
| 인숙 | 누가 맨날 도망을 가. |

인숙은 주방으로 가서 물 한 잔을 마신다. 인숙의 시선이 컴퓨터로 간다.

| 대철 | 지금 막 시작한 거야. 5분도 안 됐어. |
|---|---|
| 인숙 | 누가 뭐래요. |

인숙의 시선이 책상 바닥으로 향한다.

| 대철 | 뭘 잘했다고 분위기 잡고 그래? |
|---|---|
| 인숙 | …. |
| 대철 | 괜히 늦게 들어와서 미안하니까 그러지. |

인숙은 책상 밑에 흘린 음식을 닦기 시작한다.
닦고 또 닦는다.

| 대철 | 조금밖에 안 먹었어. |
|---|---|

| 인숙 | …. |
|---|---|
| 대철 | 꿀 먹은 벙어리야? 조금밖에 안 먹었다니까? |
| 인숙 | 왜 쫓아다니면서 정신없게 굴까. 알았다니까. |
| 대철 | 얼레? 이 사람이…. |

인숙은 책상 밑에서 나와 거실 여기저기를 닦는다.
대철은 인숙을 쫓아다니며 잔소리를 한다.

| 대철 | 콧바람 좀 쐬더니 사람이 아주 시건방져졌어. 그거 하나 붙었다고 유세 떠는 거야? |
|---|---|
| 인숙 | …. |
| 대철 | 면허 따면 내 손에 장을 지진다. 내가 성을 간다. |
| 인숙 | …. |
| 대철 | 좋아하는 바느질이나 하고 드라마나 봐. 내일 당장 차 팔아버릴 거야. |
| 인숙 | …. |
| 대철 | 잘한다, 잘한다, 그랬더니 나가면 함흥차사야. 사람이 아주 못 쓰게 됐어. |
| 인숙 | …. |
| 대철 | 아, 어디 갔다 왔냐구!! |
| 인숙 | 주름 쭈글쭈글한 할머니가 나가서 뭐 나쁜 짓 할 거 있다고 이래요? |
| 대철 | 내가 뭐. |

| 인숙 | 바람난 마누라 잡듯 하잖아, 지금. |
|---|---|
| 대철 | 찔리는 거 있나 보네. |
| 인숙 | 찔릴 게 뭐가 있어. |
| 대철 | 그럼…, 송경식이가 누구야? |
| 인숙 | 송경식이? |
| 대철 | 그래, 송경식이. 70 넘어서까지 운전면허도 못 딴 머저리 녀석. |
| 인숙 | 낭신이 어떻게 알아? |
| 대철 | 저기 뭐시냐… 핸드폰 보니까 이름 많이 찍혀 있더만. (사이) 왜? 내가 알면 안 돼? |
| 인숙 | (피식 웃는) |
| 대철 | 웃어? 웃어? 운전 배운다고 늙은이들 몰려다니면서 연애질하는 거 맞나 보네. |
| 인숙 | …. |
| 대철 | 또 입 봉했어. 자네 찔리는 거 있으면 입 닫는 거 알아, 몰라. |
| 인숙 | (대철의 얼굴을 쳐다본다) |
| 대철 | 뭘 봐. |
| 인숙 | 오늘 안 씻었어? 얼굴엔 뭘 묻힌 거야. |
| 대철 | …. |
| 인숙 | 이리 와 봐요. |

인숙, 침으로 대철의 얼굴을 닦아준다.

| 대철 | 왜 이래? |
|---|---|
| 인숙 | 기분 나쁘지는 않네. 이 나이에 질투도 받아보고. |
| 대철 | 질투는 무슨. 왜 늦었냐고 묻는데 대답 안 하니까 답답해 그러지. |
| 인숙 | 기동이네 갔다 오느라 늦었어요. |
| 대철 | 기동이? 거긴 왜. 안 그래도 바둑 한판 두기로 했는데 어디로 내뺐는지 코빼기도 안 보여. 약속도 안 지키고 이 자식 혼꾸멍을 내줘야지. |
| 인숙 | …. |
| 대철 | (버럭) 자네 운전 연습한다고 또 주차장 간 거야?! |
| 인숙 | 그런 거 아니에요. |
| 대철 | 그럼. 무슨 일 있대? |
| 인숙 | …. |
| 대철 | 거긴 왜애. |
| 인숙 | 기동이 처가, 전화했더라구. |
| 대철 | 왜. |

인숙, 다시 대철 얼굴 문지르는.

| 인숙 | 잘 안 지네. |
|---|---|
| 대철 | 왜애. |
| 인숙 | … 병원 가야 돼. 기동이 거기 있어. |
| 대철 | 병원엔 왜. 누가 아파? |

| | |
|---|---|
| **인숙** | 아니. |
| **대철** | 다쳤어? 주차하다 박은 거야? 다리라도 부러졌대? |
| **인숙** | 아니… 기동이 갔어. |
| **대철** | …. |
| **인숙** | 잠깐 집 밖에 쓰레기 버리러 나갔다가 그랬대요. 안 들어오길래 나가봤더니 그 앞에 쓰러져 있더래. |
| **대철** | …. |
| **인숙** | 씻고…, 옷 입읍시다. |
| **대철** | …. |

인숙, 안방으로 들어간다.

대철, 잠시 멍하니 있다가 컴퓨터 앞으로 가서 게임을 한다.


정적.


컴퓨터 게임 소리가 간간이 정적을 깬다.


"원고?"

"오~케이!"

"쐈습니다! 으헤헤헤~."


인숙, 상복으로 갈아입고 거실로 나온다.

대철, 그대로 앉아 게임을 하고 있다.

**인숙**    얼른.


대철, 일어나 안방으로 들어간다. 걸을 때 몸이 왼쪽으로 많이 쏠
린다.
인숙, 열린 방문을 통해 대철을 바라본다.
컴퓨터에서는 게임 음악 소리가 계속 이어진다.


대철, 상복으로 갈아입고 천천히 안방에서 나온다.
인숙, 컴퓨터 앞에서 머뭇거리다가 전원 코드를 뽑아 버린다.
일시에 사라지는 컴퓨터 소음들.
대철, 현관 앞에서 주저앉는다.


**대철**    가차운 데라도 모자는 꼭 쓰고 나가라니까.


인숙, 대철의 신발을 신겨준다.
인숙, 현관문을 열고 서서 대철을 바라본다.
대철, 잠시 고개 숙이고 앉아 있다가 천천히 일어나 문밖으로 나
간다.


사이.


크리스마스 캐럴 (혹은 보신각 종소리).

# 일상 다섯

TV 소리.

집안에는 더 많은 화분이 곳곳에 놓여 있다.
컴퓨터 책상 밑에는 복합기 한 대가 새로 놓여 있다.
인숙은 뜨개질을 하고 있디. 길게 짠 목도리가 보인다.

대철이 안방에서 나와 화장실로 들어간다.
왼쪽으로 기울어진 몸, 눈에 띄게 절룩거린다.
화장실에서 나와 현관과 주방 쪽을 어슬렁거리다가 거실에 있는
화분 앞에 앉아 손으로 잎을 툭 건드려 본다.
잠시 화초를 바라보다 책상 앞 의자에 앉는다.
인숙과 함께 말없이 TV를 보는 대철. 곧 방안으로 다시 들어간다.

인숙, 묵묵히 뜨개질하다가 바늘을 빼서 실을 풀어 감는다.

# 일상 여섯

TV 소리.

인숙은 뜨개질을 하고 있다.
대철은 이불을 덮고 누워있다.

인숙　　추워?

대철　　별루.

인숙　　근데 이불은 왜 돌돌 감고 있어. 안 답답해?

대철　　뜨끈하니 좋은데 뭘.

인숙　　들어가는 게 안 나?

대철　　방에서 뭐 해. 심심해.

인숙　　요즘엔 스마트폰도 안 들여다보고.

대철　　다 배워서 재미없어.

인숙　　그럼 컴퓨터 해.

대철　　나중에.

인숙　　축구하는 것 같던데.

대철　　그냥 뭐.

인숙　　되게 재미없네. 지네들끼리 웃고 떠들고.

대철　　떠들게 놔둬. 재미만 있는데, 뭘.

인숙　　재밌는데 눈 감고 있어? 졸리면 자든가.

| | |
|---|---|
| 대철 | 안 졸려. |
| 인숙 | 귀 파 줘? 한참 됐는데. |
| 대철 | … 그럴까? |

인숙, 서랍장에서 귀이개를 꺼내 대철이 머리맡에 앉는다.

| | |
|---|---|
| 인숙 | 머리 올려봐. (대철의 귀 청소해주며) 에이구…, 드러. 꽉 막혔네, 꽈악 막혔어. |
| 대철 | 입은 다물고. |
| 인숙 | 대청소 좀 해야겠어. 겨우 내내 묵은 먼지가 한가득이야. 화분들도 베란다에 내놓을 건 다시 내놓고. |
| 대철 | 나도 갖다 버릴라구? |
| 인숙 | 말 안 들으면 그래야지. |
| 대철 | 아직 추워. |
| 인숙 | 춥기는. 이번 겨울 그렇게 춥더니 날은 또 빨리 풀리네. |

사이.

| | |
|---|---|
| 대철 | 갈 때 됐네. |
| 인숙 | 그러게. |
| 대철 | 어디로 간다고? |
| 인숙 | 파주. 영미네. |
| 대철 | 사위가 착하네. |

| | |
|---|---|
| **인숙** | 기동이처 가면 지네가 편하지. 결혼 늦어서 애가 아직 서너 살밖에 안 돼. 그거 업어 키우게 생겼는데… 에이구…, 그걸 또 어떻게 해. |
| **대철** | 손주 재롱 보고 좋지 뭐. |
| **인숙** | 모르는 소리. 골병 날까 무섭네. |
| **대철** | 이제 어쩔 거야. |
| **인숙** | 뭘. |
| **대철** | 면허 따서 차 몬다고 차일피일 미루다가 여까지 왔네. |
| **인숙** | 딴다니까. |
| **대철** | 필기시험 붙었다고 콧대가 하늘 끝까지 솟더니, 왜, 잘 안되나 봐? |
| **인숙** | 안 되긴. 운전 잘한다고 얼마나 칭찬을 하는데. 내가 소질이 있습디다. |
| **대철** | 웃기고 있네. 덜덜 떠느라 엑셀이랑 브레이크도 구분 못해 놓고. |
| **인숙** | 누가? |
| **대철** | 누구겠어. 기동이가 다 고했어. 자네 필기시험 붙은 것도 우리나라 3대 미스터리 중 하나래. 큭큭큭큭. |
| **인숙** | 왜 이렇게 안 보여. (대철의 귀를 잡아당기는) |
| **대철** | 아파. |
| **인숙** | 둘이 똑같아. 사람 갖고 노는 건. 뒤집어. |

대철, 이불을 돌돌 만 채 기이한 자세로 방향을 바꿔 반대쪽 귀가

올라오게 눕는다. 시선은 TV에 고정되어 있다.


인숙   굼벵이가 형님하자고 하겠네.

대철   그래도 할만은 한가 봐? 오줌이나 지리다 관둘 줄 알았
      는데.

인숙   엄청 재밌네요. 젊어지는 것 같아 기분도 좋고.

대철   입에 침이나 바르고 거짓말해.

인숙   노인들이 단체로 운전 배운다고 인터넷 뉴스인가 뭔가 하
      는 데에 기사도 났잖아. 우리 사진도 찍어 갔는걸.

대철   좋겠구만. 나는 30년을 운전해도 매스컴 한 번 못 타봤는
      데 늘그막에 운전 배운다고 기사에도 나고.

인숙   출세했지.

대철   그러니까 그만하면 됐어. 이제 관둬.

인숙   이제 와서 왜 관둬?

대철   차도 빼줘야지. 더는 못 써.

인숙   ….

대철   응?

인숙   싫네요. (TV 끈다)


대철, 일어나 앉는다.


대철   그래, 백번 양보해서 면허는 따 보라고, 어디. 근데 언제 딸
      줄 알고 계속 붙들고 늘어질 거야? 기동이 처, 이사도 가야

|       | 잖아. 그렇게 하고 싶으면 나중에 애들 거 몰아도 되잖아. |
|-------|------------------------------------------------|
| 인숙    | ….                                             |
| 대철    | 왜 꼭 그 고물을 몰아보겠다고 똥고집이야?                        |
| 인숙    | ….                                             |
| 대철    | 그럼 어떡해. 딴 주차장에 월세 내고 맡겨? 돈이라면 벌벌 떨면서….        |
| 인숙    | 누가 뭐래?                                         |
| 대철    | 월세 내? 자네 그럴 수 있어?                              |
| 인숙    | 글쎄, 알았다구.                                      |
| 대철    | 삐쳤네.                                           |
| 인숙    | 안 삐쳤어. 내가 모지리라 그런 걸 어쩌겠어.                      |
| 대철    | 삐쳤구만, 뭘.                                       |
| 인숙    | 아니라니까.                                         |
| 대철    | 김씨한테 벌써 말해놨어.                                  |
| 인숙    | 뭐?                                             |
| 대철    | 전화 넣으면 가지러 올 거야.                               |
| 인숙    | ….                                             |

인숙, 벌떡 일어나 거실 여기저기를 정리하기 시작한다.
화분을 정리하고 이불을 개고 뜨개질하던 것을 치우고 식탁을 닦는다.

| 인숙    | 흥, 빠르기도 하지. 생전 먼저 의논하는 법이 없어. |
|-------|---------------------------------|

**대철**  싫다고 고집부릴 걸 뭘 말해.

**인숙**  다 자기 맘대로야.

**대철**  그래서 전화 넣으면 가지러 오라고 했다니까?

**인숙**  … 홍릉 김씨?

**대철**  응.

**인숙**  마누라보다 차가 더 끔찍한 양반이 속 좀 쓰리것네.

**대철**  그만 좀 문질러. 다 닳겠네.

**인숙**  서울 올라오지 말고 광주에서 세탁소 하면서 살 걸 그랬어. 서울 사람들은 옷에 구멍 나면 그냥 버리지, 기우면서 입나? 짜깁기하면 박인숙이 따라올 사람 없었는데. 단골은 또 얼마나 많았어. 괜히 형님 말에 솔깃해가지고 서울 올라와서는 있는 돈도 다 털어먹고. 겁 많은 양반이 택시 하겠다고 그 좁아터진 데서 30년을 넘게 살았으니 병이 안 생겨?

**대철**  누가 겁이 많다고….

**인숙**  당신 면허 딸 적 생각 안 나? 긴장해가지고 잠도 못 자고. 잠만 못 잤나? 가위까지 눌려가지구 소리 지르는 통에 나까지 한숨도 못 잤구만. 비라도 오는 날은 종일 날카로워서 애들이랑 숨도 크게 못 쉬었네요. 눈 오는 날은 말해 뭐해. 밥이나 제대로 먹었어? 딱지 뗄까 봐 편의점에서 컵라면으로 후루룩후루룩. 눈곱만한 구멍 짜깁기 해주면 광주서도 천 원은 받았네. 오백 원, 육백 원짜리 꼬리표에, 택시 기본요금도 육백 원. 천 원짜리도 안 되는 부부가 여까지 기어 기어 왔는데 이 나이 돼서 고물 택시 한 대도 못 갖고 있어?

대철, 멀찍이서 인숙 근처에도 가지 못하고 왼쪽 팔만 주무르고 있다.
컴퓨터 책상 앞에 앉아 의자 바퀴를 앞뒤로 굴리며 왔다 갔다 한다.
인숙, 대철을 쳐다본다.


**대철**　게임 안 하네.


인숙, 카펫을 걷어낸다.


**대철**　내일 해.

**인숙**　얼쩡거리지 말고 들어가서 자.

**대철**　그냥 주차비 싼 데 골라서 택시 맡겨버릴까?

**인숙**　맘에도 없는 소리 하지 마.

**대철**　막상 팔라니까 아까워서 말이지.

**인숙**　돈이 얼만데! 애들 눈치 보여서 안 돼.

**대철**　나는 자네가 내 택시 타고 그렇게 돌아다니고 싶은지 몰랐네. 아예, 자네가 택시를 몰고 다닐 걸 그랬나 봐. 내가 짜집기하고. 허허허허.

**인숙**　(대철을 흘겨보는) 김 씨 불러요. 당신 말 틀린 거 하나도 없어.

사이.

| | |
|---|---|
| **대철** | 여서 홍릉, 그 수목원 뒷길로 가면 금방인데…, 잠깐이니까 자네가 몰아본 텐가? |
| **인숙** | 뭘. |
| **대철** | 김 씨한테 오라고 하시 말고 자네가 차 끌고 가볼 테냐고. |
| **인숙** | 어떻게 그래? |
| **대철** | 아무리 나이롱 학생이라도 두 달을 다녔는데 여서 거까지도 못 갈까. |
| **인숙** | 그렇긴 하지. |
| **대철** | 낮엔 차도 없어. 경찰도 없구. 혹여나 걸려도 노망난 늙은이인 척해. 자네 연기 잘하잖아. |
| **인숙** | 말을 해도. |
| **대철** | 싫어? 운전은 하지? 설마 길로 나서지도 못하는 건 아니지? |
| **인숙** | 왜 못해? 잘한다니까? |

대철, 식탁이랑 의자를 한쪽으로 밀어낸다.
인숙, 영문 모르고 도와준다.
대철, 바퀴 달린 의자를 거실 중앙에 놓는다.

| | |
|---|---|
| **대철** | 여기 와 앉아봐. (사이) 빨리 와서 앉아 보라니까. |

**인숙**     왜.

**대철**     운전 시뮬레이션.

인숙, 의자에 앉는다.

대철, 의자를 밀어본다. 인숙의 몸무게 때문에 밀리지 않는다.

**인숙**     뭐 해? 시무…, 뭐 한다며.

**대철**     자네 상태가 내 생각과 많이 다르구만.

**인숙**     못돼먹은 영감탱이. 여 앉아. 한쪽 팔로 나를 어떻게 밀어.

**대철**     무거울 텐데….

대철, 의자에 앉는다.

인숙, 이불로 대철을 감싸준다.

**대철**     기분 이상허네?

**인숙**     운전이 별건가?

인숙, 가볍게 대철이 앉은 의자를 밀어 거실을 달린다.

**인숙**     얌전하게 지 속도대로 가다가,

사람 지나간다~ 빨간 불 켜지면 멈추고.

가던 길 가라고 파란 불 켜지면 달리고.

옆에서 끼어들면 옛다 기분이다, 양보해주고.

(화분 앞을 지나가며) 애기들 많은 데서는 천천히 가주고.

오른쪽으로 갈 거면 미리 차선 바꿔주고.

사람 사는 거랑 똑같더구만.

조금 빨리 가려고 불법 유턴하면 큰일이지.

이렇게 돌아서 다시 지 갈 길 달리면…


베란다 커튼 앞에서 멈춘다.


**대철**    막혔구만.

**인숙**    길이야 만들면 되지.


인숙, 베란다 커튼과 창문을 활짝 연다.

창을 통해 정면으로 보이는 해 질 녘 하늘.


**대철**    해가 길어졌네.

**인숙**    길어진 것 같아도 해 떨어지는 건 순간이야. 아직은 춥네.


인숙, 베란다 창 닫으려고 하면.


**대철**    그냥 둬.

**인숙**    안 추워?

**대철**    응.

**인숙**    턱 때문에 못 넘어가. 베란다로 나갈 테야?

| 대철 | 여기도 좋구만. |
|------|---------------|
| 인숙 | 좀 열어놓고 있을까? |
| 대철 | 응. 시원해. |
| 인숙 | 답답한 거 그리 싫어하는 양반이 어떻게 버텼누. |
| 대철 | 뭐가. |
| 인숙 | 아무리 돈 버는 거라도 택시 타고 바람처럼 휘휘 돌아다니니까 적어도 답답하지는 않게 살았겠구나 했지. 근데 운전석에 앉아 보니까… 거기도 감옥이대. |
| 대철 | 그걸 알면서 왜 그렇게 미련을 떨어? |
| 인숙 | …. |
| 대철 | 택시 말이야. 난 택시 파는 거 하나도 안 아쉬워. |
| 인숙 | 거짓말. |

| 인숙 | 당신 태우고 운전 한번 해보고 싶었어, 그냥. |
|------|---------------|
| 대철 | 나? 왜. |
| 인숙 | 평생 딴 사람들 기사 노릇한 양반, 내가 기사 노릇 한 번 해주려고 그랬다, 왜. |
| 대철 | 싱겁긴…. |
| 인숙 | 세월 잘 만났으면 그 양복쟁이들처럼 당신도 한자리는 하며 살았을 텐데. 에이구, 얼굴이 이게 뭐야. 쭈글쭈글해가지고 머리는 다 빠지고. 늙으니까 인물도 다 필요 없네. |
| 대철 | 어허, 말본새가 점점 왜 이 모양이야? |
| 인숙 | 다음 주면 우리 결혼 50주년이네. 늙어 죽을 때까지 하려 |

|  |  |
|---|---|
|  | 노릇 할 줄 알았어? |
| 대철 | 데리고 살아줬더니. |
| 인숙 | 징그럽게 고맙네. |
| 대철 | 여행이나 가자구. |
| 인숙 | 둘이? |
| 대철 | 용돈 모아놨어. 마누라 데리고 놀러 가려고. |
| 인숙 | 정말? 기특허네. |
| 대철 | 기동이 사식 덕분에 복합기도 공으로 생겼는데 택시 팔고 남은 돈까지 합해서 좋은데 구경 가자고. |
| 인숙 | 얼마나 받는다고. 돈 없어 넘겨줘야는 거 아냐? |
| 대철 | 여행이고 뭐고 다 엎어버려야지. 미운 말만 골라서 하기는. |
| 인숙 | 혹부리 영감이랑 50년을 살았으니 나도 뺑덕어멈 된 거지. |
|  |  |
| 인숙 | 미루지 말고 내일 갖다줍시다. |
| 대철 | 응. |
| 인숙 | 근데…, 올 때는 택시 타고 와야 하나? |
| 대철 | 날도 따뜻한데, 쉬엄쉬엄 걸어오지, 뭐. |
| 인숙 | 그러지 말고 택시 타고 와요. 잘 차려입고 나가서 우리도 손님 한 번 돼봅시다. |
| 대철 | 그래, 그럼. 마누라 덕에 돈 주고 택시 한 번 타보겠네. |

대철과 인숙이 도란도란 대화하는 동안,
무대 차차 어두워진다.

# 봄, 소풍

빈집.

깔끔하게 정리되어있는 거실과 주방.
커튼이 열려있는 베란다 창을 통해 아침 하늘이 보인다.
전화벨 소리, 서너 번 울리다가 끊긴다.

햇빛이 창으로 쏟아져 들어온다.
골목에서 간간이 들리는 한낮의 소음들.
식탁 위, 핸드폰 벨 소리.

노을 진 하늘.
점점 어두워진다.
거실과 주방도 차차 어두워진다.
전화벨 소리, 끊어질 듯 계속 이어진다.

밤.

정적.

막.

한국 희곡 명작선 91

# 봄, 소풍

초판 1쇄 인쇄일   2021년 11월 25일
초판 1쇄 발행일   2021년 11월 30일

지 은 이   이정운
만 든 이   이정옥
만 든 곳   평민사
　　　　　서울시 은평구 수색로 340 〈202호〉
　　　　　전화 : 02) 375-8571 / 팩스 : 02) 375-8573
　　　　　http://blog.naver.com/pyung1976
　　　　　이메일  pyung1976@naver.com
등록번호   25100-2015-000102호
ISBN　　　978-89-7115-805-0   04800
　　　　　978-89-7115-663-6  (set)
정　　가   8,000원

이 책은 사단법인 한국극작가협회가 한국문화예술위원회의 2021년 제4회 극작엑스포
지원금을 받아 출간하였습니다.